Construyendo el carácter

Actos generosos

por Rebecca Pettiford

Bullfrog Books

Ideas para padres y maestros

Bullfrog Books permite a los niños practicar la lectura de texto informacional desde el nivel principiante. Repeticiones, palabras conocidas y descripciones en las imágenes ayudan a los lectores principiantes.

Antes de leer

- Hablen acerca de las fotografías. ¿Qué representan para ellos?
- Consulten juntos el glosario de fotografías. Lean las palabras y hablen de ellas.

Durante la lectura

- Hojeen el libro y observen las fotografías. Deje que el niño haga preguntas. Muestre las descripciones en las imágenes.
- Lea el libro al niño, o deje que él o ella lo lea independientemente.

Después de leer

- Anime a que el niño piense más. Pregúntele: ¿Cómo demuestras generosidad? ¿Cómo se siente cuando eres generoso?

Bullfrog Books are published by Jump!
5357 Penn Avenue South
Minneapolis, MN 55419
www.jumplibrary.com

Library of Congress Cataloging-in-Publication Data

Names: Pettiford, Rebecca, author.
Title: Actos generosos / por Rebecca Pettiford.
Other titles: Showing generosity. Spanish
Description: Minneapolis, MN: Jump!, Inc., 2018.
Series: Construyendo el carácter | Includes index.
Audience: Age 5–8. | Audience: K to Grade 3.
Identifiers: LCCN 2017039641 (print)
LCCN 2017043342 (ebook)
ISBN 9781624966538 (ebook)
ISBN 9781620319772 (hardcover: alk. paper)
ISBN 9781620319789 (pbk.)
Subjects: LCSH: Generosity—Juvenile literature.
Classification: LCC BJ1533.G4 (ebook)
LCC BJ1533.G4 P4818 2018 (print) | DDC 179/.9—dc23
LC record available at https://lccn.loc.gov/2017039641

Editor: Kirsten Chang
Book Designer: Michelle Sonnek
Photo Researchers: Michelle Sonnek & Kirsten Chang
Translator: RAM Translations

Photo Credits: All photos by Shutterstock except: Alamy, 18–19; Getty, 20–21; iStock, 12–13; SuperStock, 5, 6–7, 16–17, 23tl, 23br.

Printed in the United States of America at Corporate Graphics in North Mankato, Minnesota.

Tabla de contenido

CAJA DE DONACIONES

El regalo de dar

Nos gusta demostrar generosidad.

Ser generoso significa dar porque queremos dar.

Damos cosas.

Damos nuestro tiempo.

Bev reúne libros viejos.

Se los regala
a la biblioteca.

Otros los podrán leer.

biblioteca

7

Amy olvidó
su bocadillo.

Ty comparte
su manzana.

Tenemos una nueva vecina.

vecina

Le damos galletas.
"¡Bienvenida!"

Maya es generosa
con su hermana.

Ella le lee una historia.

Ella comparte juguetes.

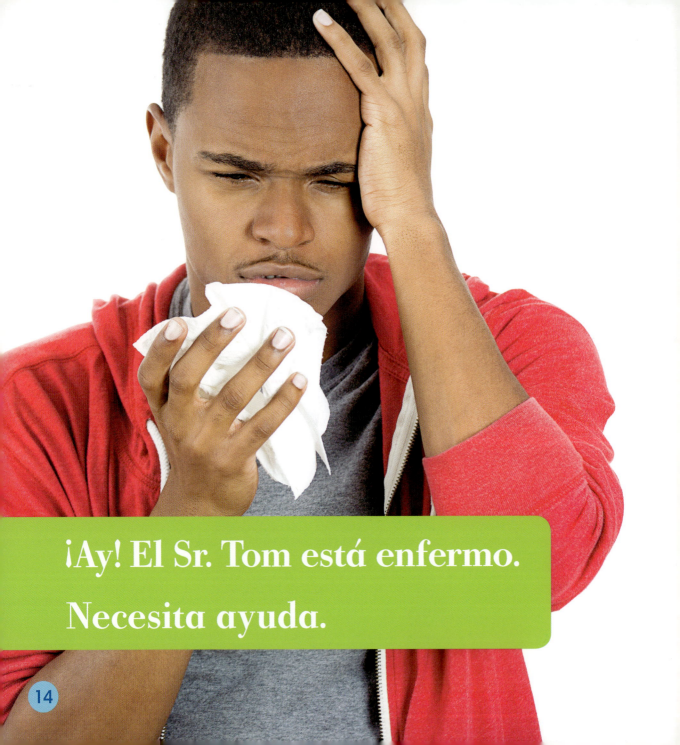

¡Ay! El Sr. Tom está enfermo.

Necesita ayuda.

Dan saca a pasear a su perro.

15

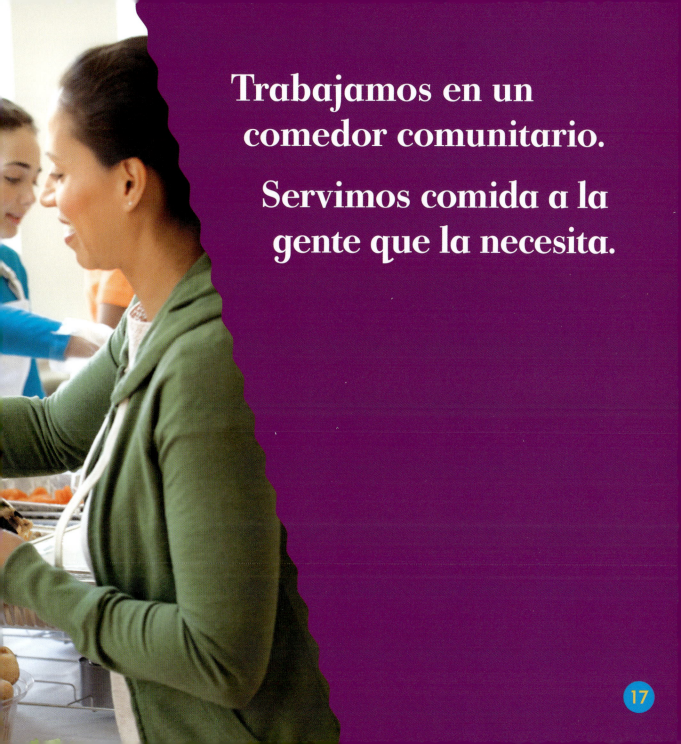

Trabajamos en un comedor comunitario.

Servimos comida a la gente que la necesita.

17

La mamá de Alan
tuvo un día difícil.

Él le ayuda a
preparar la cena.

¡Se siente bien el dar!

Jarrón de generosidad

Se siente bien el dar a otros. Esta actividad te ayudará a recordar ser generoso.

Necesitarás:

- un jarrón limpio de vidrio.
- etiquetas o cinta

Instrucciones:

1. Decora tu jarrón con etiquetas o cintas.
2. Cada vez que recibas dinero, pon un poco en el jarrón.
3. Cuando se llena el jarrón, dona el dinero a una caridad. Una caridad es un grupo que ayuda a gente o animales. Algunos ejemplos son un comedor comunitario o albergue animal.

Glosario con fotografías

biblioteca
Edificio que alberga libros y otros materiales.

comedor comunitario
Lugar que le da comida a la gente que la necesita.

bocadillo
Pequeña cantidad de comida la cual se come entre comidas.

vecino
Persona que vive junto a otra persona.

Índice

Para aprender más

Aprender más es tan fácil como 1, 2, 3.

1) Visite www.factsurfer.com

2) Escriba "actosgenerosos" en la caja de búsqueda.

3) Haga clic en el botón "Surf" para obtener una lista de sitios web.

Con factsurfer.com, más información está a solo un clic de distancia.